ANDRÉ AUGUSTUS DIASZ

ILUSTRAÇÕES
JEFFERSON COSTA

BARRETO
Lima Barreto

1ª edição – Campinas, 2023

"Quando me julgo, nada valho. Quando me comparo, sou grande."
(Lima Barreto)

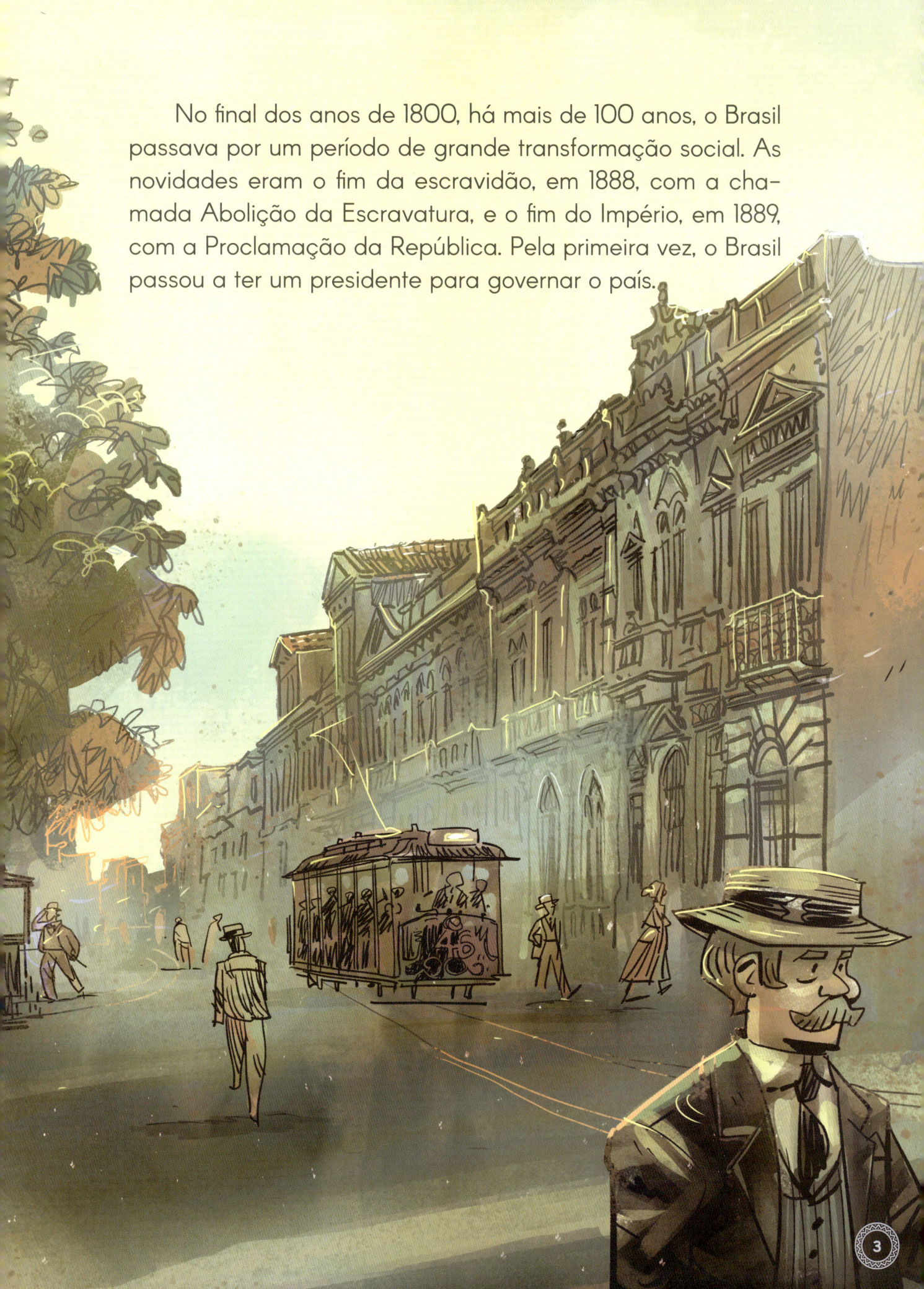

No final dos anos de 1800, há mais de 100 anos, o Brasil passava por um período de grande transformação social. As novidades eram o fim da escravidão, em 1888, com a chamada Abolição da Escravatura, e o fim do Império, em 1889, com a Proclamação da República. Pela primeira vez, o Brasil passou a ter um presidente para governar o país.

Foi nesse momento da história que nasceu Afonso Henriques de Lima Barreto, em 13 de maio de 1881, no bairro das Laranjeiras, na cidade do Rio de Janeiro. Ele era o mais velho de quatro irmãos: Lima, Evangelina, Carlindo e Eliézer.

A família de Lima era modesta, ou seja, nem rica nem pobre. Seus pais, filhos de pessoas escravizadas que tinham conseguido a liberdade, nasceram livres. João Henriques de Lima Barreto, seu pai, era tipógrafo e trabalhava com impressão de textos para jornais e revistas. Sua mãe era professora de escola para crianças. Inclusive, foi ela que, mesmo doente e de cama, ensinou Lima a ler e escrever.

Apesar do fim oficial da escravidão com a chamada Lei Áurea, que ganhou esse nome por ser muito importante, pouca coisa havia mudado nas situações do dia a dia.

A pobreza, os maus-tratos, a humilhação e o preconceito por causa da cor da pele e da origem social continuavam.

Lima Barreto cresceu nessa realidade em que as pessoas negras, prejudicadas pelo racismo, não conseguiam trabalho, casa, dinheiro, o que comer ou vestir, direitos, estudo... quase nada!

Desde pequeno, Lima Barreto teve que aprender a lidar com problemas familiares. Sua mãe faleceu quando ele tinha apenas 6 anos de idade. Mas, por sorte ou destino, pôde contar com a ajuda de amigos e pessoas próximas. Com o auxílio de seu padrinho, rico e dono de terras, o Visconde de Ouro Preto, frequentou as melhores escolas do Rio de Janeiro. Estudou no renomado Colégio Pedro II e, aos 16 anos, entrou na faculdade de Engenharia Civil no Largo de São Francisco.

Na faculdade era excluído, foi reprovado várias vezes e não se dava bem em algumas matérias. Ao mesmo tempo, era grande frequentador de bibliotecas, passava boa parte do dia lendo na principal e mais importante do Brasil, a Biblioteca Nacional. Era encantado pelos livros e virou um excelente leitor. Seus preferidos eram aqueles escritos pelos autores russos, além de outros livros importantes, as chamadas "obras clássicas".

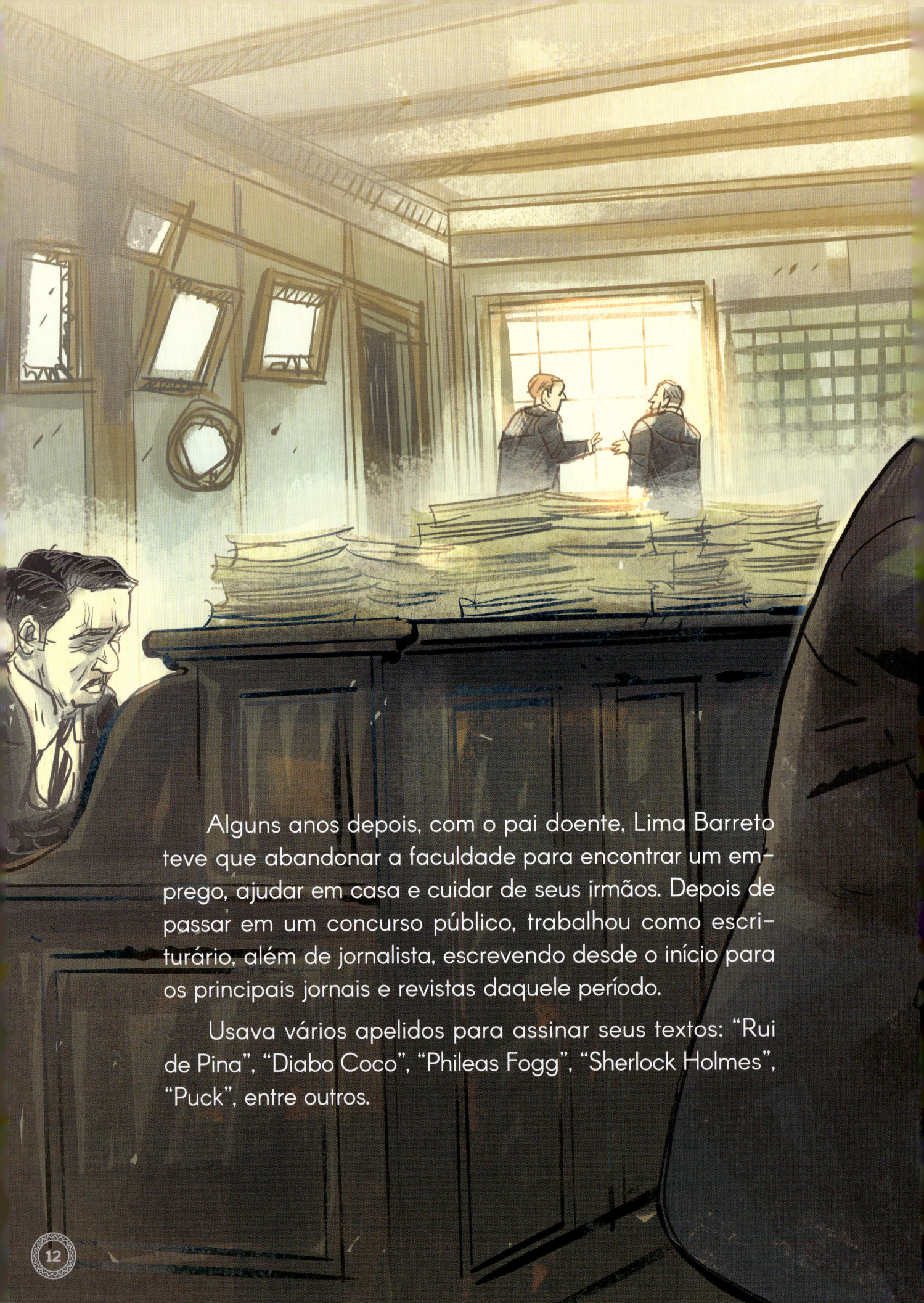

Alguns anos depois, com o pai doente, Lima Barreto teve que abandonar a faculdade para encontrar um emprego, ajudar em casa e cuidar de seus irmãos. Depois de passar em um concurso público, trabalhou como escriturário, além de jornalista, escrevendo desde o início para os principais jornais e revistas daquele período.

Usava vários apelidos para assinar seus textos: "Rui de Pina", "Diabo Coco", "Phileas Fogg", "Sherlock Holmes", "Puck", entre outros.

Com o passar do tempo, Lima Barreto começou a escrever livros. Em 1909 foi lançado o primeiro, *Recordações do Escrivão Isaías Caminha*. Em 1915 publicou o mais famoso, *Triste Fim de Policarpo Quaresma*. E em 1919, *Vida e Morte de M. J. Gonzaga de Sá*. Escreveu cerca de 19 títulos.

Sentindo na pele a discriminação, Lima Barreto escrevia principalmente contra as desigualdades e as injustiças sofridas pelas pessoas negras, pelos pobres e pelas mulheres. Denunciava os privilégios de alguns e a exploração da maioria do povo.

Lima Barreto também gostava de frequentar bares para encontrar amigos e se divertir. Entretanto, o agravamento de seus problemas emocionais e familiares, o sofrimento causado pelo racismo e a falta de reconhecimento contribuíram para que o escritor se tornasse uma pessoa viciada na bebida.

Entre 1914 e 1919, dependente e adoecido, passou a ser constantemente internado em hospitais para pessoas com transtornos mentais, ou seja, aquelas que possuem um comportamento diferente do modo de agir da maioria das pessoas da sociedade.

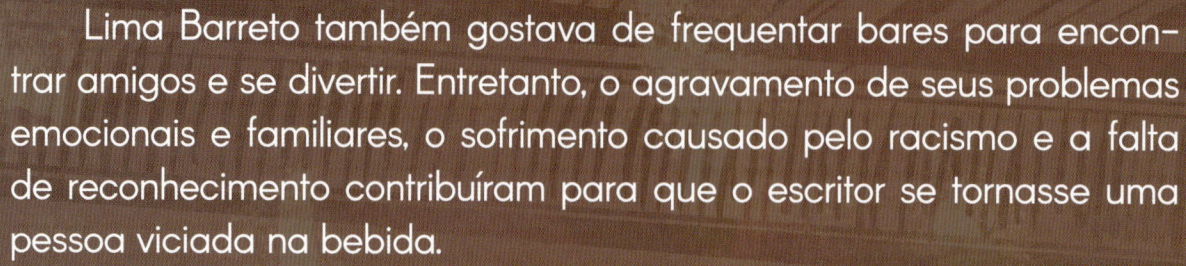

Mesmo doente, Lima Barreto continuava a escrever de modo brilhante. Seus contos e suas crônicas eram publicados em diversos jornais. Naquela época, as histórias publicadas nos jornais eram chamadas de folhetins.

Não poupava ninguém das suas opiniões e críticas, era um grande observador e criava seus personagens inspirados nas pessoas com quem convivia.

Por seu estilo literário diferenciado e sua crítica social sem limites, incomodava muita gente influente e poderosa da sociedade. Falava a língua do povo.

A obra de Lima Barreto era desprezada pela maior parte dos estudiosos, pensadores e outros escritores que subestimavam sua inteligência e seu olhar crítico, inovador e sofisticado.

Escreveu textos que dialogavam com a vida como ela é. Valorizou a cultura e a arte brasileiras e fez do racismo e da discriminação seus grandes temas.

Em suas obras, falou até do violão, que era um instrumento considerado "popular", pois era tocado por pessoas pobres. Por isso, havia um grande preconceito.

Lima Barreto pagou um preço alto por sua postura e ousadia. Com o passar do tempo, passou a ser ridicularizado por outros escritores e ignorado pelos jornais. Poucos o elogiavam ou manifestavam algum respeito. Por falta de reconhecimento, as suas candidaturas para se tornar membro da Academia Brasileira de Letras, espaço de prestígio social e honrarias para os escritores, não deram certo. O máximo que conseguiu foi o registro de que era um bom escritor, recebendo a chamada "menção honrosa".

Insatisfeito com a vida, o trabalho, as mentiras e as farsas da sociedade, além da piora de seu quadro de saúde pelo agravamento de outras doenças que teve ao longo da sua vida adulta, Lima Barreto morreu aos 41 anos, no dia 1.º de novembro de 1922, devido a problemas no coração.

A vida de Lima Barreto foi cercada de opiniões provocativas, curiosidades e enigmas.

Destino ou não: nasceu em 13 de maio de 1881, no Rio de Janeiro, e a Abolição da Escravatura aconteceu em 13 de maio de 1888. Ou seja, o aniversário de Lima coincidia sempre com as comemorações da "libertação" dos escravizados.

Mistério ou não: faleceu no dia 1.º de novembro de 1922, aos 41 anos, justamente no "Dia de Todos os Santos", que é o nome do bairro carioca onde viveu por muitos anos.

Prevendo o futuro por meio dos seus livros, escreveu sobre a história da Escravidão negra no Brasil, sua influência e suas consequências, não poupando nem a si mesmo de suas provocações: "Quando me julgo, nada valho. Quando me comparo, sou grande".

De tempos em tempos, aparecem estudiosos e pesquisadores influentes que podem mudar a história da vida de uma pessoa. E com Lima Barreto não foi diferente. Saiu do esquecimento total para o reconhecimento e as homenagens ocorridas a partir da década de 1950, quando seus livros foram finalmente valorizados.

Entre 1952 e 1956, praticamente 30 anos depois de sua morte, a obra de Lima Barreto começa ser revista e recuperada. Foram publicadas coletâneas de crônicas, contos, artigos, romances inéditos, entre outras. Ainda que a passos lentos, a importância do autor vem sendo amplamente reconhecida, causando importantes mudanças nos rumos da literatura brasileira.

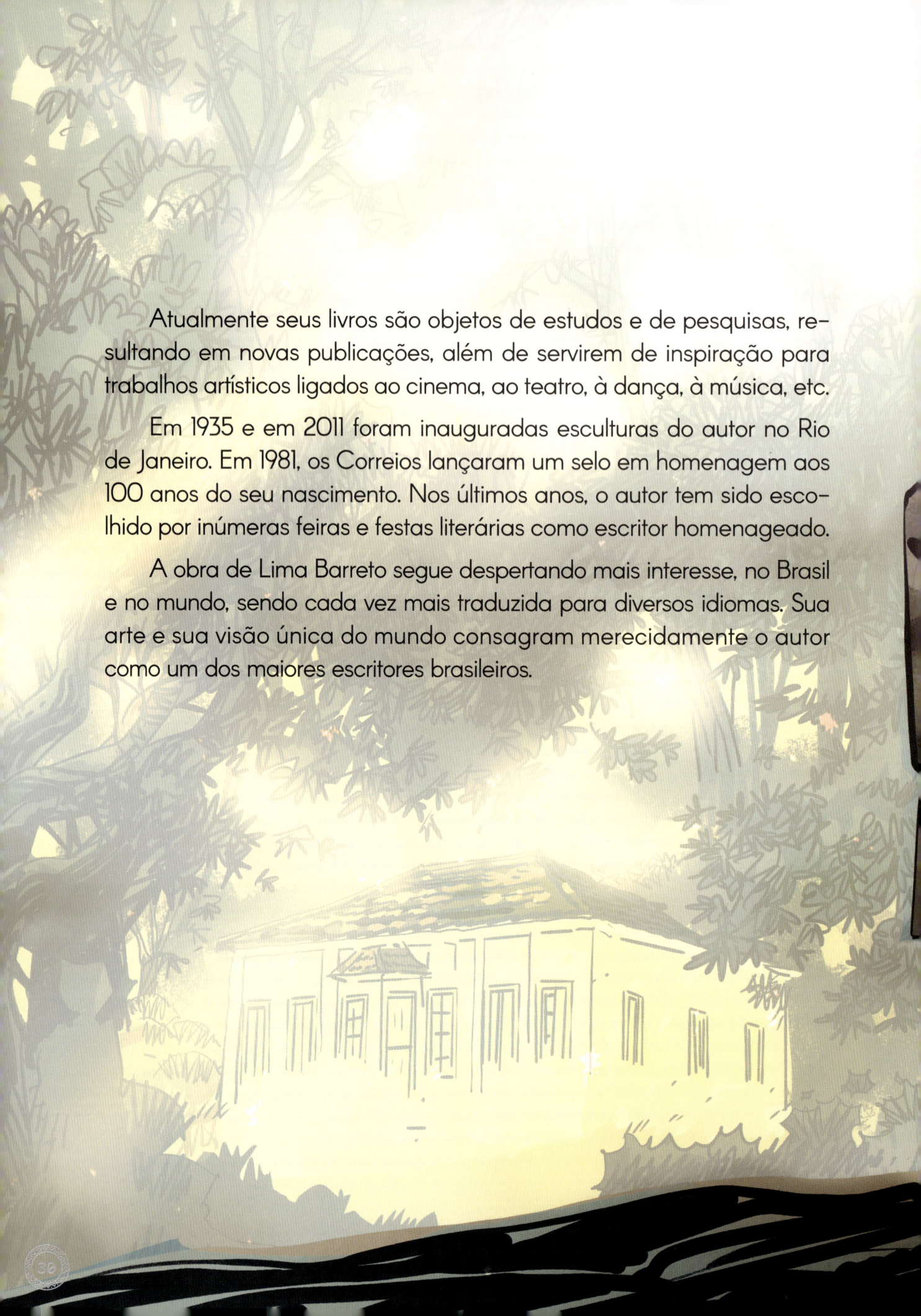

Atualmente seus livros são objetos de estudos e de pesquisas, resultando em novas publicações, além de servirem de inspiração para trabalhos artísticos ligados ao cinema, ao teatro, à dança, à música, etc.

Em 1935 e em 2011 foram inauguradas esculturas do autor no Rio de Janeiro. Em 1981, os Correios lançaram um selo em homenagem aos 100 anos do seu nascimento. Nos últimos anos, o autor tem sido escolhido por inúmeras feiras e festas literárias como escritor homenageado.

A obra de Lima Barreto segue despertando mais interesse, no Brasil e no mundo, sendo cada vez mais traduzida para diversos idiomas. Sua arte e sua visão única do mundo consagram merecidamente o autor como um dos maiores escritores brasileiros.

A OBRA

A coleção BLACK POWER apresenta biografias de personalidades negras que marcaram época e se tornaram inspiração e exemplo para as novas gerações. Os textos simples e as belas ilustrações levam os leitores a uma viagem repleta de fatos históricos e personagens que se transformaram em símbolo de resistência e superação.

As biografias são responsáveis por narrar e manter viva a história de personalidades influentes na sociedade. É por meio delas que autor e leitor vão mergulhar nos mais importantes e marcantes episódios da vida do biografado.

Esta obra conta a trajetória de Lima Barreto, jornalista e aclamado escritor brasileiro que se destacou na literatura por não se calar diante das diversas situações de injustiça presentes na sociedade do início do século XX. Foi autor de grandes clássicos, como *Recordações do escrivão Isaías Caminha* e *Triste fim de Policarpo Quaresma*. Até os últimos dias da sua vida, buscou sempre falar a língua do povo e usar a sua voz para transformar a literatura em um espaço de inclusão e luta.

CURIOSIDADE

Os antigos egípcios tinham o costume de escrever sobre os seus líderes. Era assim que os seus principais feitos se mantinham vivos. Com o tempo, esses textos ganharam importância, e foi preciso criar um termo que pudesse nomeá-los. Foi assim que o filósofo Damásio uniu duas palavras vindas do grego: *bio*, que significa "vida", e *grafia*, que significa "escrita". Dessa maneira, surgiu o que conhecemos hoje como o gênero biografia.

Conheça algumas das principais características desse gênero:

- texto narrativo escrito em terceira pessoa;
- história contada em ordem cronológica;
- veracidade dos fatos, ou seja, não é uma história inventada;
- uso de pronomes pessoais e possessivos (ele, ela, seu, sua...);
- uso de marcadores de tempo (na adolescência, naquela época, na vida adulta...);
- verbos no pretérito, ou seja, no passado, pois os fatos narrados já aconteceram (fez, falou, escreveu...).

ANDRÉ AUGUSTUS DIASZ

JEFFERSON COSTA

André Augustus Diasz tem 42 anos, nasceu em São Paulo e acredita que as palavras carregam encantos mágicos e que a escrita e os livros são resultados dessa alquimia que mistura a vida, os sonhos e a imaginação. Seus livros se conectam com aquilo que há de mais simples e original em cada pessoa: a sensibilidade. Em seus textos, procura apresentar significados que deixem impressões nas mentes e nos corações dos leitores. Formado em Comunicação Social pela Unesp, tem larga experiência em curadoria e gestão de projetos culturais, além de diversos trabalhos nas áreas de literatura e biblioteca. Integrou a comissão curatorial da Bienal Internacional do Livro de São Paulo entre 2012 e 2022. Foi jurado do V Prêmio ABERST – Associação Brasileira dos escritores de Romance Policial, Suspense e Terror. É ativista no campo dos direitos humanos.

Jefferson Costa é um talentoso ilustrador, quadrinista, *storyboarder* e *character designer*. Nasceu em São Paulo no dia 5 de março de 1979. Desde criança, já percebia que a arte e o desenho eram uma grande paixão. Por muitas vezes ele sentiu que, sendo uma pessoa negra, transformar essa paixão em profissão não seria uma tarefa fácil. Mas não seriam as barreiras do preconceito que o fariam parar. Buscou diversos cursos técnicos e iniciou sua carreira. Já trabalhou com quase tudo que envolva desenho, fez trabalhos internacionais, criou grandes personagens e foi premiado pelo seu talento. O que Jefferson Costa busca é comunicar e levar uma mensagem por meio dos desenhos. Nos quadrinhos, pensa em como protagonistas negros são necessários e representativos, mostrando, sobretudo, que essas vozes devem ser ouvidas.

LIMA BARRETO

Nome:	Afonso Henriques de Lima Barreto
Nascimento:	13 de maio de 1881, Rio de Janeiro (RJ)
Nacionalidade:	Brasileiro
Mãe:	Amália Augusta Barreto
Pai:	João Henriques de Lima Barreto
Formação:	Escola Politécnica da UFRJ
Profissão:	Escritor e jornalista
Falecimento:	1.º de novembro de 1922
Obra principal:	*Triste fim de Policarpo Quaresma* (1915)

OBRAS IMPERDÍVEIS DE LIMA BARRETO

Recordações do escrivão Isaías Caminha

Publicada em 1909, a obra retrata uma sociedade que se manteve preconceituosa mesmo depois da Abolição da Escravatura. Além disso, o autor apresenta críticas relacionadas à pobreza e às relações de poder da época. No romance, o protagonista Isaías trabalha em um grande jornal. Apesar de sua inteligência, não possui a chance de ascender socialmente e atingir um cargo de renome. A história reflete diretamente os problemas enfrentados por Lima Barreto durante a sua carreira.

Triste fim de Policarpo Quaresma

Considerado um dos maiores clássicos da literatura brasileira e publicado integralmente em 1915, o livro conta a história de Policarpo Quaresma, um funcionário público que possui o grande desejo de valorizar a cultura do seu país tornando a língua tupi-guarani o idioma oficial do povo brasileiro. Contudo, o personagem se torna solitário e ridicularizado por aqueles que não pensam como ele. Na obra, Lima Barreto aborda questões de denúncia e injustiças sociais.

Vida e morte de M. J. Gonzaga de Sá

Publicado em 1919, o romance acompanha os pensamentos e as conversas de dois personagens: o narrador, Augusto Machado, e seu companheiro de trabalho, Gonzaga de Sá. Ambos compartilham as angústias de viver em uma sociedade carregada de males. Entre os principais temas, estão a exclusão dos cidadãos negros e mestiços do mercado de trabalho, o incentivo à imigração e a crítica à elite.

Clara dos Anjos

Nessa obra publicada em 1948, Lima Barreto demonstra toda a sua sensibilidade tratando de assuntos delicados, como o racismo, a obrigação social do casamento e o papel da mulher na sociedade brasileira do início do século XX. Na história, a protagonista Clara dos Anjos — uma jovem de apenas 16 anos, pobre e negra — precisa enfrentar a sociedade e os diversos preconceitos presentes nela.

Os bruzundangas

Publicada em 1922, a coleção de crônicas conta histórias de um país fictício chamado Bruzundanga. A obra é uma grande alegoria do Brasil e da sociedade brasileira do início do século XX. Extremamente atual e com muita ironia, Lima mostra um país dominado por uma elite inculta, obcecada por títulos, que domina o povo por meio do racismo, da pobreza e da desigualdade, consumidora de uma literatura míope feita para agradar leitores pouco exigentes.

PARA VER, OUVIR E LER MAIS

Filmes

Policarpo Quaresma, Herói do Brasil (1998) – Filme brasileiro dirigido por Paulo Thiago e protagonizado por Paulo José. A história é baseada na obra de Lima Barreto, *Triste Fim de Policarpo Quaresma*.

Osso, amor e papagaios (1957) – Comédia brasileira dirigida por Carlos Alberto de Souza Barros e César Memolo Jr. A história é baseada no conto "A nova Califórnia" de Lima Barreto.

Lima Barreto, ao Terceiro Dia (2022) – Dirigido por Luiz Antonio Pilar, o filme apresenta momentos da vida do autor Lima Barreto.

Documentário

Lima Barreto: Um grito brasileiro (2011) – Produzido pela TV Escola, o episódio da série "Mestres da Literatura" apresenta a vida e a obra de Lima Barreto.

Espetáculo

Traga-me a cabeça de Lima Barreto – Hilton Cobra, por meio de um monólogo, interpreta o grande escritor Lima Barreto. Inspirado nas obras *Diário íntimo* e *O cemitério dos vivos*.

Biografias

Lima Barreto: triste visionário – A antropóloga e historiadora Lilia Moritz Schwarcz investiga e traz para essa obra detalhes sobre a vida do escritor Lima Barreto.

Lima Barreto: Uma autobiografia literária – Antonio Arnoni Prado, historiador literário, une fragmentos escritos por Lima Barreto e fala sobre a sua importância para a literatura.

A vida de Lima Barreto: (1881-1922) – O pesquisador Francisco de Assis Barbosa faz um relato, em linguagem clara, sobre a vida e os ensinamentos de Lima Barreto.

Lima Barreto: cronista do Rio: A professora e especialista na obra de Lima Barreto, Beatriz Resende, reúne alguns dos textos mais importantes do escritor que relatam como era morar no Rio de Janeiro.

Site

https://www.espalhelima.com.br/ – Espalhe Lima, promovido pelo Brazil LAB da Universidade de Princeton (EUA).

EDITORA MOSTARDA
WWW.EDITORAMOSTARDA.COM.BR
INSTAGRAM: @EDITORAMOSTARDA

© André Augustus Diasz

Direção:	Pedro Mezette
Edição:	Andressa Maltese
Produção:	A&A Studio de Criação
Texto:	André Augustus Diasz
Ilustração:	Jefferson Costa
Revisão:	Beatriz Novaes
	Elisandra Pereira
	Marcelo Montoza
	Mateus Bertole
	Nilce Bechara
Diagramação:	Ione Santana
Edição de arte:	Leonardo Malavazzi

Dados Internacionais de Catalogação na Publicação (CIP)
(Câmara Brasileira do Livro, SP, Brasil)

```
Diasz, André Augustus
   Barreto : Lima Barreto / André Augustus Diasz ;
ilustrações Jefferson Costa. -- 1. ed. -- Campinas,
SP : Editora Mostarda, 2023.

   ISBN 978-65-80942-12-1

   1. Barreto, Lima, 1881-1922 - Biografia -
Literatura infantojuvenil 2. Escritores brasileiros -
Biografia - Literatura infantojuvenil I. Costa,
Jefferson. II. Título.

22-134711                              CDD-028.5
```

Índices para catálogo sistemático:

1. Brasil : Escritores : Literatura infantojuvenil
       028.5
2. Brasil : Escritores : Literatura juvenil   028.5

Cibele Maria Dias - Bibliotecária - CRB-8/9427

Nota: Os profissionais que trabalharam neste livro pesquisaram e compararam diversas fontes numa tentativa de retratar os fatos como eles aconteceram na vida real. Ainda assim, trata-se de uma versão adaptada para o público infantojuvenil que se atém aos eventos e personagens principais.